Este livro pertence a:

This book belongs to:

....

Aviso aos pais e responsáveis

Leia sozinho é uma série de contos de fadas clássicos e tradicionais, escritos de maneira simples para proporcionar às crianças autoconfiança e sucesso em seu início no mundo da leitura.

Cada livro é estruturado cuidadosamente para incluir muitas palavras usadas com bastante frequência e que são essenciais para a primeira leitura. As frases em cada página são apoiadas por imagens detalhadas que ajudam na leitura e estimulam a conversa.

Os livros são classificados em quatro níveis que apresentam um vocabulário progressivamente mais amplo e histórias mais compridas à medida que a capacidade do leitor aumenta.

Note to parents and tutors

Read it yourself is a series of classic, traditional tales, written in a simple way to give children a confident and successful start to reading.

Each book is carefully structured to include many high-frequency words that are vital for first reading. The sentences on each page are supported closely by pictures to help with reading, and to offer lively details to talk about.

The books are graded into four levels that progressively introduce wider vocabulary and longer stories as a reader's ability grows.

O nível 2 é ideal para crianças que já foram iniciadas na leitura e sabem ler frases curtas e simples quando auxiliadas.

Level 2 is ideal for children who have received some initial reading instruction. Each story is told very simply, using a small number of frequently repeated words.

Características especiais:

Special features:

petição frequente das alavras e expressões rincipais da história

quent repetition of main ory words and phrases

Letra legível

Large, clear type

O primeiro porquinho fez uma casa de palha. O segundo porquinho fez uma casa de madeira. O terceiro porquinho fez uma casa de tijolos.

The first little pig built his house of straw. The second little pig built his house of sticks. The third little pig built his house of bricks.

—Então eu vou bafejar, depois bufar e a sua casa vou soprar!— o lobo mau respondeu. Ele bafejou, ele bufou e a casa do porquinho ele soprou!

"Then I'll huff and I'll puff and I'll blow your house down," said the big, bad wolf. And he huffed and he puffed and he blew the house down!

Frases curtas e simples

Short, simple sentences

Correlação cuidadosa entre a história e as figuras

Careful match between story and pictures

Consultora pedagógica: Geraldine Taylor

O registro do catálogo deste livro está disponível na Biblioteca Britânica

Publicado por Ladybird Books Ltd
80 Strand, London, WC2R 0RL
Empresa do grupo Penguin

001
© LADYBIRD BOOKS LTD MMXIII
Ladybird, "Leia Sozinho" e o logotipo Ladybird são marcas registradas ou marcas de comércio não registradas
pertencentes à Ladybird Books Limited.

ISBN: 978-0-14750-879-9

Impresso na China

Educational Consultant: Geraldine Taylor

A catalogue record for this book is available from the British Library

Published by Ladybird Books Ltd
80 Strand, London, WC2R 0RL
A Penguin Company

001
© LADYBIRD BOOKS LTD MMX. This edition MMXIII
Ladybird, Read It Yourself and the Ladybird Logo are registered or
unregistered trade marks of Ladybird Books Limited.

ISBN: 978-0-14750-879-9

Printed in China

Os Três Porquinhos

The Three Little Pigs

Ilustrado por Virginia Allyn

Illustrated by Virginia Allyn

Era uma vez, havia três porquinhos.
Um dia, eles saíram para construir as suas casas.

Once upon a time,
there were three little pigs.
One day, they went out
to build their own houses.

O primeiro porquinho
fez uma casa de palha.
O segundo porquinho
fez uma casa de madeira.
O terceiro porquinho
fez uma casa de tijolos.

The first little pig built his house of straw. The second little pig built his house of sticks. The third little pig built his house of bricks.

Aí, veio o lobo mau. Ele
foi até a casa de palha.
–Porquinho... Porquinho!
Eu quero entrar!–
o lobo mau disse.

Along came a big, bad wolf. He went up to the house of straw. "Little pig, little pig, let me come in," said the big, bad wolf.

–Pode gritar, mas
eu não deixo você
entrar!– o primeiro
porquinho disse.

But the first little pig said, "By the hair of my chinny, chin, chin, I will not let you in!"

–Então eu vou bafejar, depois bufar e a sua casa vou soprar!– o lobo mau respondeu.
Ele bafejou, ele bufou e a casa do porquinho ele soprou!

"Then I'll huff and I'll puff and I'll blow your house down," said the big, bad wolf.
And he huffed and he puffed and he blew the house down!

O lobo mau foi até a casa
de madeira.
–Porquinho... Porquinho!
Eu quero entrar!–
ele disse.

The big, bad wolf went up
to the house of sticks.
"Little pig, little pig,
let me come in," he said.

–Pode gritar, mas eu não deixo você entrar!– o segundo porquinho disse.

But the second little pig said, "By the hair of my chinny, chin, chin, I will not let you in!"

–Então eu vou bafejar, depois bufar e a sua casa vou soprar!– o lobo mau respondeu.
Ele bafejou, ele bufou e a casa do porquinho ele soprou!

"Then I'll huff and I'll puff and I'll blow your house down," said the big, bad wolf. And he huffed and he puffed and he blew the house down!

O lobo mau foi até a
casa de tijolos.
–Porquinho... Porquinho!
Eu quero entrar!–
ele disse.

The big, bad wolf went up
to the house of bricks.
"Little pig, little pig,
let me come in," he said.

23

—Pode gritar, mas eu não deixo você entrar!— o terceiro porquinho disse. —Então eu vou bafejar, depois bufar e a sua casa vou soprar!— o lobo mau respondeu.

But the third little pig said, "By the hair of my chinny, chin, chin, I will not let you in!" "Then I'll huff and I'll puff and I'll blow your house down," said the big, bad wolf.

Então ele bafejou, ele bufou, ele bafejou, ele bufou e a casa do porquinho ele não soprou. O lobo mau subiu no telhado da casa e desceu pela chaminé...

So he huffed and he puffed and he huffed and he puffed, but he could not blow the house down. The big, bad wolf climbed on top of the house and came down the chimney...

Tibum!
E esse foi o
fim do lobo mau.

Splash!
And that was the end
of the big, bad wolf.

Você se lembra bem da história dos Três Porquinhos? Responda às perguntas para descobrir!

How much do you remember about the story of the Three Little Pigs? Answer these questions and find out!

Do que era feita a casa do primeiro porquinho?

What is the first little pig's house made of?

O que os três porquinhos dizem quando o lobo mau pede para entrar?

What do the three little pigs say to the big, bad wolf when he wants to come in?

O que aconteceu quando o lobo mau tentou soprar a casa de tijolos?

What happens when the big, bad wolf tries to blow down the house of bricks?

Como os três porquinhos enganaram o lobo mau?

How do the three little pigs trick the big, bad wolf?

Olhe para as figuras e indique qual porquinho morava em qual casa. Você consegue encontrar onde o lobo mau está escondido?

Look at the pictures and match the pigs to their houses. Can you spot the big, bad wolf?

madeira
sticks

palha
straw

tijolos
bricks

Leia Sozinho com Ladybird

Read it yourself with Ladybird

Leia Sozinho com Ladybird
Read it yourself with Ladybird
Nível Level 1
O Patinho Feio
The Ugly Duckling

Leia Sozinho com Ladybird
Read it yourself with Ladybird
Nível Level 1
Cinderela
Cinderella

Leia Sozinho com Ladybird
Read it yourself with Ladybird
Nível Level 2
Os Três Porquinhos
The Three Little Pigs

Leia Sozinho com Ladybird
Read it yourself with Ladybird
Nível Level 2
Chapeuzinho Vermelho
Little Red Riding Hood

Leia Sozinho com Ladybird
Read it yourself with Ladybird
Nível Level 3
João e o pé de Feijão
Jack and the Beanstalk

Leia Sozinho com Ladybird
Read it yourself with Ladybird
Nível Level 3
Rapunzel
Rapunzel

Leia Sozinho com Ladybird
Read it yourself with Ladybird
Nível Level 4
O Mágico de Oz
The Wizard of Oz

Leia Sozinho com Ladybird
Read it yourself with Ladybird
Nível Level 4
Branca de Neve e os Sete Anões
Snow White and the Seven Dwarfs

Colecione todos os títulos da série.
Collect all the titles in the series.